Isabel através do Espelho

Isabel através do Espelho

SARA PESSOA AVELINO

LOLLYPOP

DIREÇÃO EDITORIAL
Giovanna Vaccaro

PRODUÇÃO EDITORIAL
Jadna Alana

PREPARAÇÃO
Jadna Alana

REVISÃO
Bianca Gulim

CAPA e DIAGRAMAÇÃO
DG Design Editorial

ILUSTRAÇÕES
Kátia Schittine

DADOS INTERNACIONAIS DE CATALOGAÇÃO NA PUBLICAÇÃO (CIP)

Avelino, Sara Pessoa
Isabel através do espelho / Sara Pessoa Avelino. – 1ª edição – São Paulo: Coerência, 2020

ISBN: 978-65-87068-09-1

1 - Ficção brasileira. 2. Fantasia I. Título

CDD: 869.3

Grupo Editorial coerência

LOLLYPOP

São Paulo
Avenida Paulista, 326,
cj 84 - Bela Vista
São Paulo | SP – 01.310-902
www.editoracoerencia.com.br

Era uma vez...

Uma menina que se chamava Isabel. Ela estava muito ansiosa e animada, pois, além de ser seu primeiro dia de aula, também era o primeiro dia na escola nova. Isabel tinha acabado de se mudar para a casa da avó juntamente com seus pais e irmãos.

Nesse dia, Isabel procurava uma bolsa para colocar seus livros e materiais escolares, pois não tinha dinheiro para comprar uma nova. Então, sua avó lhe disse:

— Querida, deve haver alguma bolsa lá no porão para você usar por enquanto.

Assim como a avó sugerira, Isabel correu para o porão.

Ninguém costumava entrar lá. Isabel, na verdade, tinha medo. Dona Maria, sua avó, sempre deixava a porta fechada com a chave, mas permitira que a neta fosse procurar o acessório.

Após abrir a porta, era necessário descer por uma escada muito velha e com alguns degraus quebrados. Isabel desceu bem devagarzinho para não cair. Assim que chegou, a menina tentou acender a luz, mas o interruptor estava quebrado. Por sorte, ainda estava de dia e o sol clareava todo o local através de uma pequena janela que ficava no alto.

No porão havia um velho baú de madeira, e a menina não deixou de perceber uma luz muito forte que saía dali. Além disso, havia um velho quadro empoeirado na parede que ficava em frente a um belo espelho dourado. Através dele dava para ver o reflexo do quadro, mas a imagem que aparecia no espelho era diferente da imagem real.

A garotinha viu, no quadro velho, o desenho de um trombone, mas o que refletia no espelho era a imagem da avó de Isabel ainda criança. Ela a reconheceu de imediato, pois se lembrava de ter visto algumas fotos antigas no álbum da família.

Isabel não ligou quando reparou que as figuras no espelho eram diferentes da vida real, pois estava mais curiosa com aquela luz brilhante que saía do interior do baú. Quando finalmente o abriu, ela encontrou muitas roupas antigas de sua avó, inclusive a mesma que dona Maria, ainda criança, usava na imagem refletida.

A menina não perdeu tempo e vestiu. Era uma calça azul com brilhos, um casaco vermelho com golas brancas e arredondadas e um lindo chapéu rosa-pastel com uma pena azul.

De repente, o quadro com o desenho do trombone começou a tocar uma música e deu um grande susto em Isabel, que tropeçou. Para tentar evitar a queda, a garotinha se apoiou no espelho. Sem saber como, ela atravessou a superfície de vidro e caiu em um mundo encantado.

Isabel pressionou os olhos com força, pois só poderia estar sonhando. Ela se via novamente em um porão, mas este era diferente: no lugar dos degraus velhos e destruídos havia uma escada rolante encantadora. Além disso, cortinas vermelhas pendiam na janela e o antigo interruptor quebrado agora era prateado com detalhes dourados e estava novinho. Ah, o baú de madeira estava enfeitado com pedras igualmente douradas com uma fechadura prateada, assim como a chave em formato de coração. A garotinha não tinha certeza, mas imaginou que o baú encantado era bem maior do que o antigo.

O lugar em que estava era maravilhoso.

Assim que olhou novamente para o espelho, viu que conseguia observar o velho porão através dele, mas ela não sentia vontade de voltar para lá, pois estava curiosa para conhecer aquele lugar mágico.

A menininha subiu a escada rolante, abriu uma porta gigante de madeira e se deparou com uma casa deslumbrante. A primeira coisa que chamou a atenção dela foi um sofá rosa-claro, com detalhes azul-turquesa, duas almofadas amarelas com bastante purpurina e um cachorrinho bem branquinho e fofinho que estava dormindo encolhidinho no canto do sofá.

Além disso, na mesma sala, havia uma gaiola presa à parede com um passarinho azul-claro que não parava de cantar e um enorme piano branco que chamou muito a atenção de Isabel. Ela se aproximou, esticou o dedo indicador para tocar algo e se surpreendeu quando ele começou a tocar sozinho. Ela se assustou, claro, e caiu sobre um tapete bem macio, que logo pediu, educadamente, para que ela saísse de cima dele.

Oh, a menininha se espantou com aquela novidade e correu para o outro lado da sala, fugindo por uma escada em formato de caracol. Os degraus eram charmosos. Além de grandiosa, a escadaria era dourada e um tapete vermelho que a acompanhava.

Ela subiu o mais rápido que pôde e chegou a um corredor comprido e com várias portas muito diferentes. Curiosa, escolheu uma delas e a abriu.

Era o quarto de uma garotinha. Na verdade, era uma bonita fadinha de cabelo verde-claro, olhos cor-de-rosa e asas transparentes com detalhes brilhantes. Ela estava com uma saia prateada, uma blusa rosa-clara e sapatinhos de cristal.

A fadinha brincava com seus brinquedos mágicos quando foi surpreendida por Isabel, que abriu a porta. Com medo, a fadinha logo se escondeu embaixo de uma mesinha verde e fofinha.

Ao perceber o que tinha feito, Isabel falou:

— Calma. Não tenha medo. Eu sou apenas uma garota.

Mas a fadinha estava com muito medo, pois viu que Isabel era diferente: ela não tinha asas. Muito nervosa, perguntou:

— O que você está fazendo no meu quarto? Quem é você?

Isabel respondeu:

— Eu me chamo Isabel e moro do outro lado do espelho.

A fadinha começou a sair de baixo da mesinha, pois ficou curiosa para conhecer melhor a menina que não tinha asas.

— Que espelho? — ela questionou.

— O espelho do porão — Isabel falou. — Qual o seu nome?

A fadinha se apresentou timidamente:

— Meu nome é Luna.

Como era uma garota muito esperta, Isabel começou a fazer várias perguntas a Luna:

— Que lugar é este em que você vive? Você mora dentro de um espelho? Com quem? Qual a sua idade? Você sabia que eu moro do outro lado do espelho?

A fadinha estava ansiosa para responder todas aquelas perguntas, pois também queria enchê-la de questionamentos.

— Eu moro na Incrivelândia com minha mãe. Ela se chama Luana. Meu pai se chama Lucas. Eu tenho um irmão mais novo. O nome dele é Luiz. Ah, eu tenho nove anos e não fazia ideia de que uma garota morava dentro do meu espelho. E você? Me conte um pouco da sua vida.

Muito empolgada, Isabel começou a tagarelar:

— Moro com a minha mãe. O nome dela é Larissa. André é meu pai. Meu irmão, Carlos, tem dez anos. Minha irmã caçula, Sara, tem apenas sete anos. Ufa! Eu sou Isabel, tenho nove anos e moro em Maceió, que fica no nordeste do Brasil. Minha cidade é muito quente e tem praias maravilhosas. Você já foi a uma praia?

— Ah! Aqui também tem praia e se chama Praiolândia. Eu vou com minha família às vezes. Quer ir comigo? Vai ser divertido. Meus pais foram trabalhar e meu irmãozinho está na escola.

— Quero, sim. Vai ser muito divertido! Mas como iremos até a praia?

— Iremos com a bolha que ganhei de presente de aniversário.

— Uma bolha? Como assim?

— É uma bolha mágica. É só a gente falar para onde quer ir e ela nos leva flutuando. É bem divertido. Como ela é transparente, conseguiremos ver vários lugares pelo caminho.

Então, Isabel e sua nova amiga entraram na bolha e começaram a aventura pela Incrivelândia.

Depois de um tempo, Luna falou:

— Ali é o norte da Incrivelândia, onde tem muita neve. Quando queremos esquiar e brincar com a neve é só ir para lá. Você também encontra um lindo shopping. Lá vende algodão-doce de nuvem, almofadas de sonhos, sorvete de unicórnio, bolo de flores e suco de uvayume. Você precisa provar depois.

Isabel ficou maravilhosamente encantada com as coisas que estava vendo na Incrivelândia e imaginou a sua família inteira se divertindo muito.

Luna continuou:

— Mais à frente é o Parqueolândia. Se você observar bem, lá no final tem uma roda-gigante. Dá para tocar nas nuvens. Tem muitos parques divertidos. Podemos vir outra hora por aqui. Ah! Me lembrei de que aqui pertinho fica a minha pizzaria favorita. Vamos dar uma passadinha lá?

Isabel e sua nova amiga chegaram na maior pizzaria da cidade, a Pizzolândia, onde as crianças comiam pizza e se divertiam muito. Lá havia um copo bolha e nele era possível beber todo o suco com um canudo e, quando acabava, a bolha explodia. Era muito legal!

Eram tantas comidas e sabores que Isabel não sabia por onde começar, então pensou e finalmente falou:

— Eu acho que vou comer a pizza de nuvem, pois deve ser bem gostosa. Eu quero um suco de morango com sonhos e alegria. E você, Luna, o que vai comer?

— Eu vou comer pizza de banana com arco-íris e suco de uvayume.

Elas comeram bastante e resolveram se apressar para irem à praia, pois já estava

ficando tarde. Voltaram para a bolha e decolaram em direção ao local.

Ao chegarem na Praiolândia, Isabel ficou de boca aberta, admirada com a imensa praia que estava vendo. Havia um mar com as cores do arco-íris, peixes coloridos e falantes e a areia era cor-de-rosa e muito fofinha, como um tapete. Havia também uma plantação enorme de coqueiros, mas eles eram diferentes dos que Isabel conhecia, pois os cocos eram laranja-neon e as folhas do coqueiro, amarelas.

Isabel não sabia para onde olhar, pois via muitas coisas novas à sua frente.

Elas se divertiram tomando banho de mar. A água era morninha e os peixinhos conversavam bastante.

A menininha estava feliz naquele mundo, mas tinha chegado a hora de voltar para casa, pois já estava tarde e os pais da Luna deviam estar voltando do trabalho. Elas entraram na bolha mágica e voltaram à casa da Luna admirando todo o caminho de volta.

Ao chegar, Isabel conheceu a família dela: os pais, o irmão e a avó, que estava de visita. Assim que viu Isabel, a avó da Luna falou:

— Ah! Eu conheço você, ou melhor, conheço a sua avó. Nos tornamos amigas após ela me visitar através do espelho mágico. Nos divertimos muito juntas, mas perdemos o contato, pois ela voltou para a sua família. Depois que se passa pelo espelho, as pessoas esquecem de tudo que vivem aqui.

Isabel ficou preocupada quando a avó da Luna falou isso, pois ela não queria se esquecer de sua amiga, mas também não queria ficar longe da sua família. Antes que pudesse concluir seu pensamento, Luna a interrompeu:

— Que tal a gente não pensar nisso hoje e você ficar aqui esta noite? Nós podemos aproveitar para fazer uma festa do pijama bem divertida! Você tem até amanhã ao meio-dia para retornar à sua casa.

Isabel concordou:

— Tudo bem, vamos lá!

Elas desejaram uma boa-noite aos familiares de Luna e foram para o quarto.

A menina não parava de admirar o que via, pois tudo era muito lindo e perfeito, diferente do seu mundo. Isabel vinha de uma família pobre e se mudado havia pouco tempo para a casa simples da sua avó, pois seus pais estavam sem dinheiro.

A fadinha Luna começou a apresentar o seu quarto para Isabel, que não dizia uma só palavra e mantinha os olhos arregalados, admirando tudo.

Começando pela cama de Luna, que flutuava e parecia uma nuvem na cor azul-clara. Para subir na cama, bastava Luna pedir que ela descia e obedecia a todos os seus comandos. Os brinquedos eram todos mágicos e conversavam quando Luna falava a palavra secreta. Quando queria ficar sozinha, ela dizia novamente a palavra-chave e os brinquedos dormiam.

Havia muitas coisas divertidas no quarto, que no mundo real da Isabel eram impossíveis de existir.

As duas vestiram o pijama e, depois de conversarem, brincarem e comerem bastante, foram dormir. Quando acordaram, no dia seguinte, tomaram café da manhã. Como era de se esperar, não poderia faltar o suco de uvayume, acompanhado de torta de nuvens com morango.

Então Isabel falou:

— Se eu voltar para o meu mundo, irei me esquecer de tudo que vivi aqui, até de vocês? Eu não quero esquecer, pois esses foram os melhores momentos da minha vida. Não há nada que possamos fazer para mudar isso?

— Não. Infelizmente teremos que nos despedir. Mas, se você quiser, pode escolher ficar com a gente aqui para sempre — Luna respondeu.

— Eu gosto muito daqui, mas amo muito minha família, e não posso ficar sem eles.

Após o café da manhã, enquanto Luna ajudava sua mãe nos afazeres domésticos, Isabel foi dar uma volta no jardim encantado, onde foi surpreendida por um homem bem sombrio, que escondia o rosto com uma capa roxa.

Ele também usava luvas verdes e sapatos pretos pontudos.

O homem a convidou para fazer um passeio. Como era uma garota muito curiosa, Isabel queria muito ir, porém informou que não poderia, pois o horário de retornar para casa estava próximo. Caso perdesse o horário, ela só poderia voltar para casa após cinquenta anos, que era quando o portal se abria novamente.

Mas o homem foi insistente e disse que ela iria adorar fazer esse passeio, pois retornariam a tempo de ela voltar para a sua casa. Isabel sabia que não podia confiar em estranhos e, com muito medo, recusou o convite.

Então, o desconhecido abriu suas asas pretas e um enorme trenó surgiu diante de Isabel. Sem pedir permissão, a pegou contra sua vontade e a colocou no veículo. Isabel ficou muito assustada, pois observou que estavam indo muito longe.

A fada Luna foi procurar Isabel no jardim de sua casa e encontrou um bilhete no chão. Ele dizia:

Muito bem, você está em um enigma para achar a sua amiga Isabel. Você tem pouco tempo para desvendá-lo, pois o portal se fechará ao meio-dia e, se sua amiga se atrasar, ela não poderá voltar para casa. Preste atenção na primeira dica: é gelada, grande, branca e guarda alimentos.

Luna ficou com muito medo de não conseguir achar sua amiga e foi buscar a ajuda dos seus pais e irmão.

Sua família estava no sofá conversando quando chegou, assustada, e contou o que estava acontecendo. Seu pai, muito esperto, pediu o bilhete para juntos desvendarem o enigma e salvar a menina.

Partiram para a geladeira e a abriram, apressados. Lá, havia mais um bilhete, que dizia assim:

Temos duas pedras negras de gelo: uma tem a pista e a outra uma armadilha.

Seja esperto e descongele a pedra correta.

Lembre-se: vocês não têm muito tempo e só podem descongelar uma pedra por vez, senão todo o enigma será destruído.

Luna e sua família escolheram uma das pedras e a descongelaram no forno do fogão, porém escolheram a pedra errada. Quando ela descongelou, houve uma explosão.

Então, partiram apressadamente para a outra pedra, dessa vez a derreteram no micro-ondas, pois o fogão havia explodido. Ainda bem que ninguém se machucou. Foi quando encontraram mais um bilhete que falava bem assim:

Há, há, há!
A próxima dica é: te leva ao lugar mais alto da sua casa.

Todos correram para o trampolim mágico, que ficava no jardim da casa. Mas, chegando lá, não encontraram nada, então perceberam que havia uma corda pendurada na casa da nuvem. Muito curioso, o irmão da fadinha Luna puxou a corda e caiu outro bilhete:

É longe, mas as crianças adoram brincar.

Correram para o parquinho, e cada um procurou em um brinquedo diferente: a mãe de Luna procurou no balanço; Luna, na gangorra; seu pai, no gira-gira; e seu irmão procurou no escorregador e encontrou uma pista. Ela também era curtinha:

Que lugar sujo e feio, parece velho.
Há, há, há, há!

Ninguém entendeu nada, até que o pai de Luna se lembrou de que havia uma casa abandonada ao lado do shopping. Era o único lugar feio de toda a Incrivelândia. Todos partiram para lá.

Assim que chegaram na entrada da casa abandonada, ela estava trancada por um cadeado e havia um tapete marrom com uma pista em cima dele:

Nossa! Nem acredito que essas
plantas eram vivas há cinquenta anos!

Eles procuraram ao redor da casa por algum tipo de jardim, foi então que o irmão de Luna avistou um caminho de pedras e chamou a família para seguir por lá. No final dele encontraram um jardim velho com uma única flor viva e perceberam que existia algo atrás dela.

Luna foi olhar mais de perto e encontrou um pequeno baú e o abriu; dentro dele havia uma chave e outra pista:

Esta chave abrirá a porta certa.

Luna correu apressada para tentar abrir a passagem. Após tentar destrancar cinco portas diferentes, ela finalmente encontrou a correta. Ao entrar na casa, eles se depararam com Isabel presa em uma jaula flutuante.

Isabel gritou:

— Não se aproximem, pois é uma armadilha! — exclamou, nervosa e chorando muito.

Todos foram surpreendidos pelo homem da capa roxa, que tirou uma chave prata do bolso e falou para todos ouvirem:

— Está aqui a chave para libertar Isabel. Se aproximem, peguem a chave, a soltem e fujam o quanto antes.

Luna e sua família correram para tentar desprender Isabel, mas a chave não destrancou o cadeado da jaula. O homem, então, tirou outra chave preta e enferrujada do bolso e disse que era a verdadeira. Mas, quando eles foram na direção dele para pegar o objeto, caíram em um buraco escuro. Eles se mexeram, nervosos com o que poderia acontecer, e o buraco ficou todo iluminado.

Dentro dele havia uma TV que mostrava Isabel presa na jaula.

— Há, há, há! Vocês têm vinte minutos para encontrar uma passagem secreta que os levará ao encontro de Isabel.

Desesperados, começaram a procurar a porta secreta, até que o irmão de Luna encontrou um vaso e um porta-retrato da irmã. Perceberam que, atrás dele, havia algo. Ao retirar o retrato do lugar, encontraram a passagem secreta, mas, para abri-la, precisavam de uma chave. Então, o pai de Luna resolveu olhar dentro do vaso, no qual a encontrou.

Prontamente, ele tentou abrir a passagem secreta e, assim que conseguiu, viu que havia um longo túnel. No meio do caminho, a mãe de Luna encontrou outra chave igual àquela que o homem tirara do bolso.

Eles pegaram o objeto e continuaram a caminhada até chegar à jaula na qual Isabel estava presa. Usaram a chave encontrada no túnel para abrir a caixa de metal, e, após abrirem, saíram correndo para fora da casa e se depararam com o homem novamente.

— Vocês acham que são tão espertos assim? — o homem disse. — Ainda tenho uma coisa para vocês. Terão que voltar para a casa para achar mais uma surpresa.

Quando olharam para o lado, Isabel havia sumido. A família estava cansada daquela correria, mas entraram na casa à procura da garotinha e a avistaram amarrada a uma cadeira ao lado daquele homem mau.

Com uma voz maldosa, ele falou assim:

— Lá fora, não era eu, mas um robô. Não sou burro. Eu sei bem tudo o que vocês planejam para me derrotar.

De repente, as luzes se apagaram e poucos segundos depois se acenderam novamente. Isabel viu que o homem havia sumido. Eles ouviram um barulho e correram na direção dele. Lá estava Isabel, solta, e o homem em uma jaula, preso.

— Consegui enganá-lo e prendê-lo na jaula, mas tenho pouco tempo para retornar para a minha casa. Precisamos correr — a garotinha afirmou, vitoriosa.

Todos entraram na bolha do pai de Luna para chegarem mais rápido em casa. Faltando apenas oito minutos para o portal fechar, saltaram no tapete da sala. Eles estavam animados para saírem da bolha, mas ela não se abria. Estavam presos por um feitiço jogado pelo homem mau.

Todos ficaram desesperados, pois restavam poucos minutos para Isabel poder voltar para seu lar.

Triste, Isabel começou a chorar. A menina queria muito voltar para sua casa. Sem que ela notasse, uma gota de sua lágrima pingou na bolha, e quebrou o feitiço. Todos conseguiram sair correndo em direção ao porão, pois faltavam apenas três minutos para o tempo esgotar.

Isabel deu um abraço bem forte na sua nova amiga, Luna, e choraram na despedida.

Em seguida, levaram a garotinha até o espelho mágico, e Isabel fez sua viagem de volta para casa. Ao atravessar o espelho, Isabel se esqueceu de tudo que havia acontecido do outro lado. Parada no meio da sala empoeirada, escutou a sua mãe gritar:

— Achou a bolsa, Isabel? — A voz dela parecia nervosa, pois faltava pouco tempo para ela ir à escola.

Quando ia responder, Isabel tropeçou em uma bolsa azul com muito brilho. Ela a pegou e foi ao encontro da mãe para organizar seu material escolar.

Isabel adorou a aventura e a nova amiga, mas preferia sua família.

Dica da autora

Se algum dia precisar escolher entre alguma coisa e sua família, escolha sempre a sua família!

Biografia:

Sara Pessoa Avelino nasceu em 2011 em Maceió, Alagoas, e é estudante do terceiro ano do Ensino Fundamental. Gosta de ginástica rítmica e de fazer vídeos para publicar nas redes sociais, e adora inventar histórias de fantasia. A inspiração para iniciar seu sonho como escritora é sua mãe, Larissa Pessoa, que também é escritora. Este é o seu primeiro livro publicado.

Grupo Editorial
coerência

Esta obra foi composta na fonte ITC Legacy Serif Std,
tamanho 11,5pt, e impresso em papel pólen soft 90g/m².
São Paulo, julho de 2020